A. RINTLOD

LA GUIGNE

FANTAISIE DROLATIQUE

PRIX : I FR.

PARIS

A. ROUSSEAU, ÉDITEUR

9, PLACE DES VICTOIRES 9,

1881

A. RINTHOD

LA GUIGNE

FANTAISIE DROLATIQUE

PRIX : I FR.

PARIS

A. ROUSSEAU, ÉDITEUR

9, PLACE DES VICTOIRES 9,

1881

LA GUIGNE

Y'a des gens qui sont nés veinards,
D'autr' qui n'ont pas d'chance pour deux liards ;
Moi j'ai la guigne, un' guigne folle...
Ah ! dam', n'me d'mandez pas pourquoi
J' sais pas... mais là, vrai, ma parole,
Y'a des chos' qui n'arriv' qu'à moi

C'est que c'est vrai... n'y a pas à dire .. y'a de ces choses qui n'arrivent qu'à moi... une fois, passe encore... mais à toute heure... à tout propos... si je pêche... ça ne rate jamais... je rattrape une vieille savate ou un rat mort au bout de ma ligne... à la chasse je tire un lièvre et je tue un veau... quand ce n'est pas un chrétien..... à la Bourse j'achète des actions... cric... elles dégringolent à zéro... je vends... crac... millefrancs de hausse... ai-je à sortir je prends mon parapluie, beau fixe... je prends une canne, la pluie tombe à verse, enfin si l'on jette de l'eau sale dans la rue je me trouve juste là pour la recevoir sur la tête... La semaine dernière je rencontre mon ami Pinsonnat... Ah ! mon cher Cordenbois, me dit-il, (je m'appelle Cordenbois... les Cordenbois de père en fils habitent Nonancourt...

c'est moi qui ai donné une pompe à la commune)... or
donc, Cordenbois, qui me dit... c'est la Providence qui
vous envoie... vous pouvez me rendre un grand service...
— Comment donc avec plaisir. — Voilà — vous connaissez Béchamel — votre cousin Béchamel, quoi ?... Eh
bien, le pauvre garçon est devenu fou...— Ah bah !.. — vous
allez me dire à cela : Il faut le conduire dans une
maison de santé — naturellement — sans doute, mais c'est
que défiant comme tous les fous, Béchamel ne voudrait
pas m'y accompagner... moi... tandis que vous... — si
ce n'est que cela. je suis votre homme... — merci Cordenbois... vous savez du reste que tout est combiné d'a-
vance entre le directeur de la maison et moi... vous ne
faites qu'entrer et sortir... c'est pas plus malin que ça. —
C'est entendu — attendez moi... je reviens.. au bout
d'un quart d'heure il revient en effet en compagnie du
fou, me présente à lui comme le secrétaire particulier du
ministre de l'agriculture... et nous laisse à moitié chemin
de la maison de santé soi disant le ministère. Nous frap-
pons à la porte... on nous fait entrer dans un salon assez
luxueux, ma foi... moi je m'amuse à regarder les ta-
bleaux en attendant. Arrive le Directeur. — monsieur
lui dis-je, en clignant de l'œil, mon ami Pinsonnat à du
vous expliquer le motif qui nous amène, monsieur et moi...
je me retourne... plus de Béchamel... — parfaitement que
me répond le directeur... — ah par exemple... c'est prodi-
gieux... à peine introduit il est déjà!... — j'ai pour principe
de ne jamais faire attendre — je comprends... c'est égal...
on ne saurait trop vous féliciter monsieur, de l'intelligence
et de la rapidité avec lesquelles s'exécutent vos ordres...
— Oh! c'est affaire d'habitude... — j'en suis encore tout
ébaubi — asseyez-vous donc, — inutile... — je vous en

prie... — ma mission est terminée et je ne veux pas abuser de vos instants... — du tout, j'aurai le plus grand plaisir à causer avec vous. — Trop aimable, vraiment... et nous causons... je lui racontai mes petites histoires... je lui dis que j'étais l'adjoint de Nonancourt... que j'avais donné une pompe à la commune et patati et patata... lui pendant ce temps prenait des notes, me regardait en hochant la tête et je l'entendais qui disait tout bas : gatisme... délire des grandeurs... ça commençait à m'agacer, enfin je me lève et mets la main sur le bouton de la porte... — où allez-vous donc, qui me fait... — dame ! je m'en vais... — déjà... — oui... on m'attend... — Allons donc... vous avez bien le temps... — Non... non... — Réellement ! — Bonsoir... je veux ouvrir... porte close... ah çà, monsieur, qu'est-ce-que cela signifie... — Rien... rien... — mais encore... — simple mesure de précaution... — je veux sortir... que diable je ne suis pas fou... — oh non... malade seulement... — Béchamel, tant que vous voudrez... mais moi je suis Cordenbois, j'habite Nonancourt... — Oui, vous avez donné une pompe à la commune.   - Eh bien alors!.. — Raison de plus pour rester tranquille. — Trève de plaisanteries. Voulez-vous oui ou non m'ouvrir la porte. — Du calme, du calme que diable. — Vous ne voulez pas... non... et de cogner comme un sourd, il fallait voir... pin, pan... — la crise ! maugrée le directeur, c'était à prévoir... il sonne... quatre solides gaillards se précipitent... qu'on emmène monsieur. — aussitôt dit, aussitôt fait... misérables... assassins hurlais-je en me débattant... et je te donne un coup de poing par ci et je t'envoie un coup de pied par là... quel enragé crie le directeur... allons vite qu'on lui mette la camisole de force... et me voila ficelé, empaqueté comme une vulgaire andouille... on

m'entraîne... je crie comme un diable... on me met
nu comme ver... je reçois la douche..., la grande douche
et tout le tremblement ; enfin brisé bleui de coups, anéanti,
mes gredins me poussent et m'enferment dans une cellule
capitonnée... j'y serais encore sans cet animal de Pinsonnat
qui eut encore le toupet de rire comme un fou de la mé-
prise... nom de nom... de nom de nom.....

> Y'a des gens qui sont nés veinards
> D'aut' qui n'ont pas d'chance pour deux liards
> Moi j'ai la guigne, un' guigne folle
> Ah ! dam' ! n'me d'mandez pas pourquoi
> J'sais pas, mais là vrai, ma parole
> Y'a des chos' qui n'arriv' qu'à moi.

Tenez, ne m'en parlez pas, ça me rend malade quand
je pense que c'est moi qu'ai gagné le gros lot de la loterie
Espagnole... veinard que je vous entends dire, veinard ? je
t'en fiche... vous allez voir... un jour, à Paris, j'entre dans
un bureau de tabac, histoire d'allumer un londrès d'un sou...
Té, fait alors la buraliste, une jolie fille ma foi ! parie que
c'est Monsieur qui gagne le gros lot... — Ah ! et à quoi
qué vous connaissez ça, que je lui réponds... — A votre
front, gros bébé... — Vous voulez rire, ah ! ah !... — Voilà
mon dernier billet, ça vous va-t-il ? — Tout de même...
combien ? — Cinq francs. — Oh !... — Si vous gagnez
vous m'épouserez. — Bien aimable. Là dessus elle me fourre
le billet dans ma poche de gilet et me voilà parti... — Dites
donc, Cordendois, me crie un beau matin mon voisin
Citrouillard, l'épicier... avez-vous le numéro 1,546,562...
— Pourquoi ça... — Parce que c'est lui qui gagne 100,000 fr.
— 1,546,562, vous dites... 1,546,562... attendez donc...

mais c'est le numéro de la buraliste. — Ah bah ! — Et oui
elle l'a fourré dans ma poche de gilet... je cherche... rien...
sapristi !... suis-je bête... c'est dans mon vieux gilet...
Catherine, que je crie à ma domestique... mon gilet?... —
Vot' gilet... ah ah ! — Oui, mon gilet. — Eh ben ! et celui
que vous avez sur le dos. — Pas celui-là, idiote... le vieux...
— Ah ! votre vieux gilet .. vous savez ben que je l'ai donné
hier au vieux Grégoire. — Malheureuse, il y avait
100,000 francs dans la poche gauche. — 100,000 francs
doux Jésus ! avec ça que j'ai pas fouillé... — Alors tu l'as
encore... tu ne l'as pas perdu ! — Dame si je l'ai perdu...
vous y êtes ben pour quelque chose. — C'est pas ça que je te
demande... le billet ? — Ce méchant petit morceau de papier
que j'ai trouvé dans la poche?... — Oui... qu'en as tu fait
où est-il?— Tiens, avec les autres— Là-bas ?— Dame !.— je
me précipite... ô bonheur... le billet légèrement... chiffonné
s'y trouvait encore... le voilà... le voilà... et fou de joie je
l'agite au-dessus de ma tête... arrive un coup de vent... le
papier s'échappe de mes mains et par la fenêtre ouverte va
tomber dans une mare à côté ; voilà tous les canards en émoi
pensez donc quelle aubaine ! la bande se presse, se culbute .
coin... coin... coin... et je te pousse et je te pousse .. enfin
le plus ingambe allonge le cou, donne un grand coup de
bec.,. et v'lan, va-t-en voir s'ils viennent... toi me disais-
je en aparté tu viens de manger ta condamnation... vite alors
je les appelle : petits, petits... ah ! bien ouitche... en
canards bien avisés mes drôles entourent leur congénère
aux 100,000 francs et ne le quittent plus d'une semelle...
Vous dire si je me faisais vieux... au bout d'une minute
qui me parut un siècle, le précieux chiffon émergea... de
l'appendice caudal... sauvé mon Dieu, m'écriai-je ! *sancta
simplicitas* ! déjà dix becs s'ouvraient pour le recevoir... un

se referma .. et me voilà Gros-Jean comme devant... canailles!... voleurs!... brigands! vociférais-je.,. rendez l'argent... plus souvent... l'objet n'avait pas cessé de plaire... je me mangeais les sangs à la pensée qu'en passant et repassant d'un œsophage dans un autre les 100,000 fr. pourraient bien être *dissous*... enfin au sixième voyage n'y tenant plus... je décroche mon fusil... j'ajuste et au moment psychologique où le canard ouvre un large. . bec... pin, pan... aussitôt coins coins étourdissants et sauve qui peut général... moi je ne fais ni une ni deux et pique une tête dans la mare... eh bien voyez le guignon... moi qui à trois pas manque une porte de grange... quand je vais ramasser l'épave qu'est-ce qui me reste dans les doigts... un chiffon émietté.... criblé de trous comme une écumoire .. j'avais fait mouche de tous mes plombs... plus de chiffres... plus de numéros... plus rien enfin... rien... rien... nom de nom, de nom de nom...

> Y'a des gens qui sont nés veinards
> D'autr' qui n'ont pas d'chanc' pour deux liards.
> Moi j'ai la guigne, un' guigne folle
> Ah! dam! n'me d'mandez pas pourquoi
> J'sais pas... mais là, vrai, ma parole
> Y'a des chos' qui n'arriv' qu'à moi.

Pour faire comme tout le monde, je me suis marié. On m'a dit: tu ne peux pas rester vieux garçon ... qui soignera tes rhumatismes... qui te recoudra tes boutons de culotte... la France se dépeuple... et cœteri et cœtera... que sais-je encore... finalement j'ai conduit à l'autel Hortensia Paillasson, la fille de Népomucène Paillasson, le matelassier en retraite... ah! si j'avais su... mais on ne sait pas... aussi soyez tranquille... si jamais je redeviens garçon les femmes peuvent courir... c'est pas que j'aie à me plaindre de ma belle-mère... au contraire... ne voilà-t-il pas qu'elle me dit une fois: Jules, quelle adorable matinée... il me semble que je rajeunis... je me sens tout je ne sais comment... — C'est le printemps, belle-maman. — Le printemps, oui le printemps, avec ses effluves magnétiques... ses volup-tueuses ivresses... la sève fait craquer les bourgeons... les tourterelles font leurs nids... ah! qu'il serait doux de parcourir les sentiers fleuris au bras de l'être aimé... — Ah ça elle devient folle, me disais-je à part moi? — Ah! tenez je n'ai plus la force de me taire, Jules vous êtes beau... Jules... je t'aime... —Belle-maman! belle-maman... quand je dis belle, c'est pure fiction... madame Paillasson est un vrai manche à balai... imaginez vous une tête de marron sculpté, nez cramoisie en forme de pied de marmite des yeux en capote de cabriolet, et un menton de galoche et vous aurez par à peu près le portrait flatté de ma belle-mère... l'arrivée de ma femme coupa court à toute explica-tion... eh bien! le croiriez-vous depuis ce temps, de pur-gatoire c'est devenu l'enfer dans mon ménage... Je suis le plus malheureux des hommes, Hortensia est d'une humeur massacrante... si je dis oui, vite elle dit non..., et puis ce sont des scènes à propos de rien... Jules vous ne m'aimez plus, vous ne m'avez jamais aimé. — Si l'on peut dire. — Oh! je le vois bien, ma compagnie vous ennuie... — Tu ne saurais croire le charme que je trouve en elle. — Non, non... vous êtes sur le gril ., sans doute votre maîtresse vous attend. — Par exemple. — Oh! ne niez pas... vous avez mis votre gilet ponceau... faut-il s'étonner que je n'aie pas d'enfants... Monsieur gaspille ses forces et son argent en compagnie de drôlesses... à ces filles vos sourires et vos largesses... à moi les rebuffades... vous vous taisez... vous baissez la tête... — Mais ma bonne, tu sais bien... — Ce serait pitié de vous retenir plus longtemps... — Sortons ensemble, si tu y tiens... — C'est une manière de me rappeler que je n'ai pas de robe. — En vérité!... — Oh! je sais bien que vous n'auriez pas honte de me laisser sortir toute nue... — De grâce. — Tenez, après tout j'aime mieux en finir toute suite... que mon sang retombe sur votre tête... ce disant elle ouvre la fenêtre, se penche sur la balustrade et... se rejettant en arrière : Sotte que je suis s'écrie-t-elle amèrement, vous seriez trop heureux. — Hortensia, du calme! — Non. Je veux vivre pour pouvoir vous persécuter sans relâche... pour être comme un remords vivant. — Soit, mais finissons-en. — Ce n'est pas vous qui voyant mon état de surexcitation m'offririez votre bras pour prendre l'air. — J'allais te le proposer. — Sans doute pour qu'on dise : voyez donc ce Cordenbois, quel mari modèle... je ne sortirai pas... — Alors de quoi te plains-tu? — Et s'il me plait à moi d'aller courir comme vous. — Oh! décidément c'est par trop fort... au revoir... je m'en vais... — Non pas... je vous accompagne... — Quel crampon! est-ce Dieu, possible! murmurais-je... mais que fait donc la Providence?... nous voilà dans la rue cheminant côte à côte, sans desserrer les dents... passe une blanchisseuse. — Ah! cette fois-ci vous ne le nierez pas. — Quoi donc? — J'ai surpris entre vous et cette fille des signes d'intelligence... ainsi voilà donc cette maîtresse? — Eh bien... et après tout quand cela serait? — Quand cela serait! vous allez voir... En deux bonds elle tombe sur la blanchisseuse qui en reste ahurie, vous la giffle et l'agonise de sottises, puis patatrac! en se retournant vient donner de la tête contre l'omnibus... elle roule aux pieds des che-

vaux... un cri d'horreur s'élève parmi la foule... le lourd
véhicule passe... elle est en bouillie, pensais-je... que Dieu
lui fasse miséricorde... je n'avais pas achevé mentalement
cette oraison funèbre que déjà Hortensia se pendait à mon
bras... Hortensia saine et sauve... Hortensia radieuse...
n'ayant pas même une égratignure... pas même ça... nom
de nom, nom de nom.

> Y'a des gens qui sont nés veinards
> D'autr' qui n'ont pas d'chanc' pour deux liards
> Moi j'ai la guigne, un' guigne folle
> Ah ! dam, n'me d'mandez pas pourquoi
> J'sais pas... mais là, vrai, ma parole.
> Y'a des chos' qui n'arriv' qu'à moi.

J'sais pas si vous êtes comme moi, mais il n'y a rien qui
m'émoustille comme de voir un joli bas blanc bien tiré sur
une jambe faite au tour ,.. un beau mollet, voyez-vous tout
est là... la femme de Citrouillard, l'épicier mon voisin...
a des mollets... mais des mollets. . non... je peux pas vous
dire... toujours est-il qu'ébloui, ensorcelé par ces adorables
contours, j'ai fait une déclaration échevelée à leur proprié-
taire... qui s'est laissée toucher. Après tout, c'est la faute
à Citrouillard... que diable allait-il prendre pour femme
une demoiselle élevée à Saint-Denis, lui un épicier de vil-
lage... sans aucun dehors... sans littérature... elle le lui
fit bien voir... un samedi à l'heure où Citrouillard prenait
le train de Paris j'étais entre les bras de sa belle moitié...
pour la première fois nous étions seuls et nous pouvions
nous dire je t'aime... le ciel bleu nous souriait... nous
touchions, que dis-je, nous brûlions le terme suprême de
la félicité... tout à coup Célestine (Célestine c'est le petit

nom de Mme Citrouillard) tout à coup donc Célestine se
redresse... un pas bien connu résonnait dans l'escalier...
mon mari... nous sommes perdus... où fuir... ah dans ce
cabinet. — Elle m'y pousse et ferme la porte sur
nous... c'était en effet Citrouillard... Il avait man-
qué le train. — Tiens! s'écrie-t-il : où donc est Célestine?
à l'Eglise encore sans doute... elle est toujours fourrée
dans le confessionnal... bref il s'installe. . Comme bien vous
le pensez... nous, nous ne soufflions mot. Que se passa-
t-il en moi... je me le demande encore... mais ce qu'il y a
de certain c'est qu'au bout de cinq minutes des mouve-
ments intérieurs me firent faire une grimace significative :
Qu'avez-vous me dit à voix basse Mme Citrouillard... —
Rien, rien... — Vous pâlissez. — En effet l'inquiétude de
mon ventre se trahissait sur ma figure... Dieu me par-
donne je crois que je vais me trouver mal — Du courage.
— Ahi! ahi! — Taisez-vous donc malheureux... — Et
moi de me tordre de plus belle. Ahi! ahi! — De grâce
Monsieur Cordenbois... — Mort de ma vie... je n'y tiens
plus... ahi! ahi! — Quelle situation!. — N'y a pas à dire
il faut en passer par là... Mille excuses, mais... — Comment vous allez... — Tant pis pour mon chapeau — Mais
la bienséance... déjà je m'étais accroupi, Mme Citrouillard
ferma les yeux...

Sacredié! quel vacarme! s'écria Citrouillard, ah ca! tous
les rats du pays sont donc dans ma maison... attends voir un
peu, va... le voilà qui descend chercher les chats... Mme Citrouillard se sauve... moi, mon chapeau à la main je veux
en faire autant, mais va te promener je me heurte sur la
porte avec son mari... M. Cordenbois... vous ici... par
quel hasard... comme vous êtes pâle... qu'est-ce qui a bien
pu vous arriver... — Rien... rien... je me suis trouvé mal.

— Ah diable! — Heureusement que Mme Citrouillard...
— Sapristi comme ça sent mauvais... enfin ça va mieux.
— Oui... merci. — Est-ce que les chats?.. mais couvrez
vous donc, M. Cordenbois. — Ne faites pas attention... —
Vous allez prendre froid... allons couvrez-vous... — Non.
— Mais si — Mais non. — Mais si. — Il fit tant et si
bien que le chapeau passa bon gré mal gré de mes mains
dans les siennes, et de ses mains sur ma tête... et je fus
couvert... mais couvert... nom de nom, de nom.

Y'a des gens qui sont nés veinards
D'autr' qui n'ont pas d'chanc' pour deux liards
Moi j'ai la guigne, un' guigne folle
Ah! dam, n'me d'mandez pas pourquoi
J'sais pas... mais là, vrai, ma parole
Y'a des chos' qui n'arriv' qu'à moi.

A. RINTHOD.

Typ. et Lith. A. CLAVEL, 32, rue de Paradis.

PARIS

IMPRIMERIE A. CLAVEL

32, RUE DE PARADIS, 32